KB267403

열대야

열대야

2024년 5월 23일 초판 1쇄 인쇄
2024년 5월 30일 초판 1쇄 발행

지은이 | 정채원
펴낸이 | 孫貞順

펴낸곳 | 도서출판 작가
　　　　(03756) 서울 서대문구 북아현로6길 50
　　　　전화 | 02)365-8111~2　팩스 | 02)365-8110
　　　　이메일 | morebook@naver.com
　　　　홈페이지 | www.morebook.co.kr
　　　　등록번호 | 제13-630호(2000. 2. 9.)

편집 | 손희 양진호 설재원
디자인 | 오경은 박근영
마케팅 | 박영민
관리 | 이용승

ISBN 979-11-90566-86-5 03810

잘못된 책은 구입하신 서점에서 바꾸어 드립니다.

값 15,000원

한국디카시 대표시선

15

정채원 디카시집

열대야

Tropical Nights

작가

■ 시인의 말

매 순간

나를 스쳐가는 것들

내게서 도망치는 것들

그대로 보내지 않겠다

찰칵!

네가 나에게 잡힌 순간

나도 이미 너에게 잡혔지만

두고두고 꺼내 봐도 닳지 않는 세상은

누가 뭐래도 아름다워라

2024 봄

정채원

제1부
비몽 & 사몽
Halfasleep

시인
Poets

시인
Poets

제 안에
끝 모를 만장굴을 키우는 자들

동굴 밖으로 나가려고 동굴 속으로 더 깊이 들어가며
손톱으로 긁은 벽화가 발견되기도 한다
불긋한 핏자국 같기도 한 그것

In them
the endless caves are growing.

Going deeper into the cave to get out of the cave,
Paintings of murals drawn with fingernails are sometimes
found.
It's like a fiery bloodstain

비몽 & 사몽
Half-asleep

비몽 & 사몽
Half-asleep

바늘꽃 사이로 지나가는 건

개도 아니다

천사도 아니다

여기는 누구의 꿈속인가

Passing through the needle-flowers

Is not a dog

Is not an angel, either.

Whose dream am I in?

붉은 파도
Red waves

붉은 파도
Red waves

넘어야 할 경계가 있다

저 미친 구름은 그곳을 넘어서 왔다

Some boundaries are meant to be crossed.

The crazy clouds came across them.

어떤 이별은 이렇듯 황홀하다
Some breakups are so ecstatic

손을 흔들며

하염없이 멀어져가는 시절, 시절들

한때 꼭 잡았던 손을

놓을 수 없을 것만 같던 손을

말없이 놓아 보낸다

Waving their hands,

The days are passing by.

Let go without a word

The hand that I held on to.

Once I felt like I couldn't let go of my hand.

안을 엿보다
Peep inside

안을 엿보다
Peep inside

곳곳이 갈라지고 부서져 내린

버려진 집

안을 엿보다

나는 흠칫 놀란다,

내 안을 들킨 듯

I peep inside an abandoned house,

Cracked and broken all over the place.

I'm surprised

As if it is me who is uncovered.

또 다른 세계
Another world

물속에는 꽃도 있고 하늘도 있다

나도 이따금 지상을 떠나
또 다른 세계에 떠 있고 싶다

There are flowers and the sky in the water.

Sometimes I wish to leave this world
And float in another world.

경계
The boundary

의식과 무의식

경계에 떠 있는 것들

이름 붙일 수 없는 무수한 생각들이

가라앉았다 다시 떠오르는

고요한 폭풍의 수면

On the boundary of

Consciousness and unconsciousness,

So many unnamed ideas are floating.

They are sinking and rising again and again.

On the surface of a calm storm.

균열
Cracks

살다 보면

원치 않아도 생기는 균열이 있다

저 틈에서

오늘은 어떤 시詩가 나올까

In one's life

There are cracks that occur even if you don't want it.

From the cracks,

What kind of poem will come out today?

개와 늑대의 시간
Time between dog and wolf

사위가 붉게 물드는 해질녘
저 언덕 너머로 다가오는 실루엣이
내가 기르는 개인지, 나를 해치러 오는 늑대인지
분간할 수 없는 시간

너와 나도 석양 속에 함께 녹아들고 있다

At a red sunset everywhere,

Is the silhouette coming over the hill

My dog or a wolf that comes to hurt me?

Indistinguishable time.

You and I are melting together in sunset

평범한 그 안에서

비범한 그를 포착하는 순간

그는 거울 속에도

거울 밖에도 이미 없다

그는 어디에나 있고 어디에도 없다

The moment I capture the extraordinary in the ordinary man,

He's not in the mirror neither outside the mirror.

He's everywhere and nowhere.

중독
Addiction

그녀만 보면

모든 고통이 잠시 멎는다

아편 맞은 듯

When I see her

All the pain stops for a moment.

It's like having the opium.

어디에나 울타리는 있다
There are fences everywhere

보이는 울타리

보이지 않는 울타리

사랑, 권력, 돈, 또는 명예의 울타리

나는 지금 울타리 안에 있는 것일까

울타리 밖에 있는 것일까

A visible fence

An invisible fence

A fence of love, power, money, or honor

Am I in the fence now?

Or outside the fence?

내가 볼 수 있는 것
What I can see

블라인드 사이로 내가 볼 수 있는 건

세상의 한 조각

창문을 다 열어도 내가 볼 수 있는 건

세상의 한 조각

그 조각조각을 때론 세상의 전부라 생각하지

What I can see through the blinds is

a piece of the world.

Even if I open the window, what I can see is

a piece of the world.

Sometimes I think of that piece as everything in the world.

꿈속의 꿈
A dream in a dream

단풍나무의 꿈속에 내가 있고
내 꿈속에 단풍나무가 있다

살아 있는 것들은 언젠가 소멸하고
소멸하는 것들은 서로를 그리워한다

I'm in the dream of a maple tree.

There is a maple tree in my dream.

What's alive is going to die out one day.

Disappearing things miss each other.

겨울나무
Winter trees

얼어붙은 연못에 발 담그고 서 있다

그렇다고

뿌리까지 얼어붙은 건 아니다

봄을 기다리지 않는 건 아니다

너를 아주 잊은 건 아니다

Even though

I stand with my feet in the frozen pond,

I'm not frozen to the roots.

It's not that I don't wait for spring.

It's not that I have forgotten you altogether.

제2부

너는 없다

You're nowhere

너는 없다

You're nowhere

너를 안고도 너를 찾았고
너를 떠나보내고도 너의 손을 놓지 않았다

그런 나는 너에게 무엇일까

When you were in my arms, I still looked for you.
Even after I let you go, I didn't let go of your hand.

What am I to you?

달아나는 자화상
A fleeing self-portrait

내가 사랑한 건

그림 속의 그인지

나를 사랑한 건

그림 밖의 그인지

알 수 없다

I don't know

If I loved a man in the picture.

I don't know

If the man who loved me was outside the picture.

도굴꾼
A grave thief

나는 당신을 도굴해서

내 무덤에 넣어야겠다

I'm going to steal you.

I'll put you in my grave.

뒷모습
Your backside

질 수 있기에 꽃이고
떠날 수 있기에 사람이다

뒷모습을 가진 존재들은
얼마나 아름다운가

It's a flower because it will fall.

It's a man because he will leave.

How beautiful are the ones who leave us.

위독
In critical

내 심장은 이제 멸종에 근접했다

모호하지만 확실하게

떠나는 너를

막는 건

불가능하다

My heart is now near extinction.

You are leaving vaguely but with certainty.

Blocking you is impossible

어둠이 없다면
If there's no darkness

어찌 별들은 반짝일 것이며,

그대가 울다 잠든 다음날

어찌 꽃이 피겠는가,

어둠이 없다면

If there's no darkness,

How will the stars twinkle.

How can flowers bloom,

The day after you wept and fell asleep.

If there's no darkness.

얼음호수
The frozen lake

밤이면

홀로 더 단단해진다

얼음이 우는 날에는

거꾸로 선 나무를 심는다

At night

The lake becomes harder by itself.

When the ice cries,

Plant a tree upside down.

꽃의 배경
The background of a flower

별들의 바탕은 어둠이 마땅하듯
꽃들의 배경도 어둠이 마땅하다

어둠의 터널을 뚫고
너는 내게로 왔다

As the background of stars should be darkness,

The background of flowers also should be darkness.

Through the tunnel of darkness

You came to me.

봄꿈
A spring dream

지난밤에는 꽃샘바람 불고,

내 이마 위에 떨어진

말기암

그대의 눈물

Last night, there was a last cold spell.

Falling on my forehead is

The tears of you in terminal cancer.

벼랑
The cliff

파도가 깎아낸 상처로
매끈해진 두 손을 잡는다
우리 다시
시작해볼 수 있을까,
끝장낼 수 없다면

With the wounds that the waves cut off,

Hold our smooth hands.

Let's start it again,

If we can't finish it.

버려진 것들
The abandoned

목이 꺾인 인형처럼

헌 양말짝처럼

담배꽁초처럼

사랑받다가 버려진 것들

그래도 세상은 푸하하 호호

Like a doll with a bent neck,

Like a pair of old socks,

Like a cigarette butt,

Things that have been loved and abandoned.

But the world is still full of laughter.

만추晩秋
Late autumn

무채색 삶에 익숙한 그도

잠시

황홀한 꿈에 젖는 날이 있다

He's used to monochrome life.

But for a moment,

There's a day he get carried away by a colorful dream.

사랑할 시간이 많지 않다
Don't have much time for love

온통 금빛으로 물든 너에게
가을비에 우수수 떨어진 너에게
나를 보낸다

사랑할 시간이 많지 않다

Sending me

To you all colored with gold,

To you who fell in the autumn rain.

We don't have much time for love.

tropical nights

열대야
Tropical nights

무엇으로 식힐까

잠 못 드는 밤

열에 들뜬 내 이마를 짚어줄

시원한 한 줄기 소식,

어디쯤 달려오고 있을까

What a sleepless night!

What should I cool it down with.

Cool stream of news,

To cool down my feverish forehead.

Where are they now?

장마

벌써 여러 날째 그녀의 넋두리를 듣고 있다
나지막하게 웅얼대며 훌쩍거리는 소리
그러다가 제 설움에 복받쳐 펑펑 울기도 한다
이젠 그만 이젠 그만 이젠 좀 그칠 때도 되지 않았나
이어지는 지루한 슬픔에 가슴속에 피어나는 푸른 곰팡이

I've been listening to her complaining for days already.

After a murmur and whimper,

She burst into tears in sorrow.

Isn't it time to stop now?

The blue mold blooms in my heart in the tedious sadness

that follows.

염전에서
At a salt farm

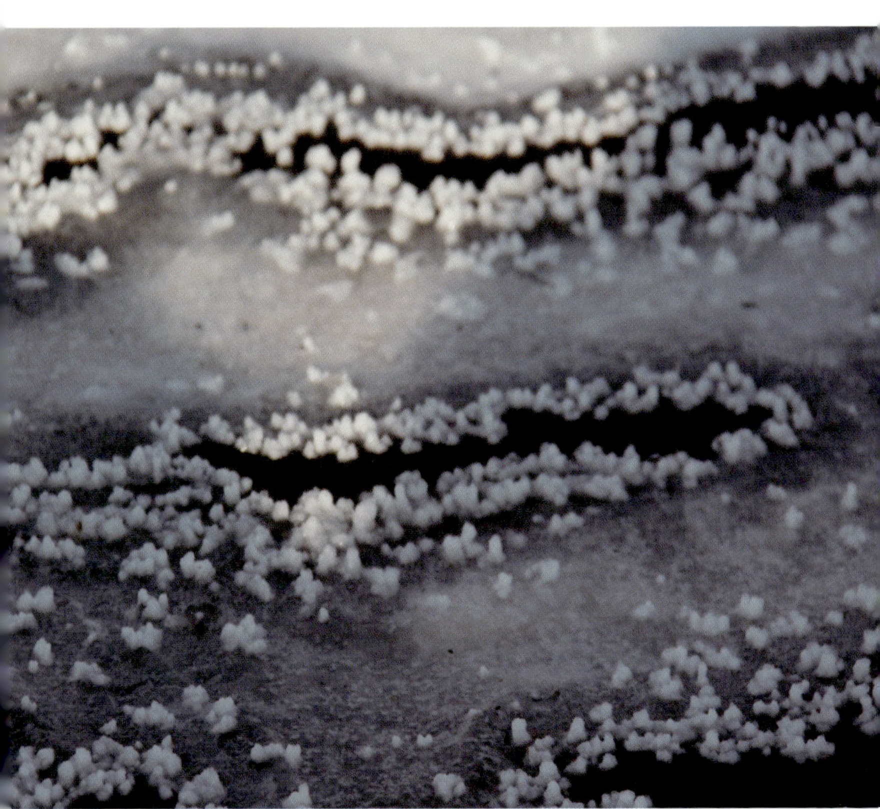

내 안에 낯선 내가 있다
내 마음에 들지 않는 내가
내 안에서 우글거린다.

소금이여,
나를 짜디짜게 절여다오

There's someone strange inside of me.

Whom I don't like

Bustling inside of me.

Salt,

Pickle me up.

피로사회
A fatigued society

무엇이 목적이고 무엇이 수단인가

불안 속을 숨 가쁘게 달리다

끝없이 떨어져내리는 당신,

'쉼'이 필요하다

What is the purpose and what is the means.

After running breathlessly through one's anxiety,

You're falling apart endlessly.

We need 'a rest'

호화주택
A luxury house

저 집엔 누렁이가 사나 점박이가 사나

주인은 외출하고 텅 빈 집

아무나 살 수 없는

살구꽃 만발한 집

Who lives in that house, a yellow one or spotted one?

The owner is out and the house is empty.

Not everyone can live there.

An apricot-flowered house

청맹과니
Blue-blind teeth

단맛, 신맛, 매운맛, 짠맛, 쓴맛

삶은 오미자 같은 맛이라지만

맛에 가려져 보이지 않던 것들

이젠 잘 보고 싶다

Sweet, sour, spicy, salty, bitter

Life tastes like boiled omija.

Things that were hidden by taste and were not visible

I want to see them well now.

화염을 뚫고
Through the flames

지난해의 일몰과
새해의 일출 사이
'오름'이 있다

어제도 오늘도 그리고 내일도
불길 속으로 간다

Between last year's sunset
and New Year's sunrise,
There's 'Oreum'

Yesterday, today, and tomorrow,
I'm going up through the flames.

유리의 나날
Fragile days

자칫 깨질지도 모르는

우리의 몸, 우리의 약속, 우리의 사랑

그래서 더 애틋한

지금, 여기

Our bodies, our promises, our love

could be broken anytime.

That's why it's more precious

Right now, here.

출구는 입구다
The exit is the entrance

떠나가 버린 희망이 오늘은 불쑥 돌아올 것만 같아
까치발 들고 바라본다

출구는 입구다

I feel like the hope that's gone will suddenly return today.

I'm looking at the door with my tiptoe.

The exit is the entrance.

양파의 꿈
The dream of an onion

집도 무너지고
사람도 무너진다

무너짐 속에 아직 눈 뜨고 있는 것
빨간 망 속에 숨 쉬며 우리를 바라보는 것
너의 꿈은?

The house collapsed.
People fell apart, too.

Eyes still open in the midst of the collapse,
Breathing in the red net and looking at us.
What is your dream?

망향
Longing for home

울 밑에 선 봉선화는

길고 긴 여름날

두고 온 고향을 아직도 잊지 못하고

마음마저 붉게 물들이고 있다

A long summer day,

Bongseonhwa standing under the fence

Still can't forget the hometown she left behind.

Even get red in her heart.

이열치열
Fight fire with fire

장작을 계속 땐다

통닭 주문이 밀려드는 복날

흐르는 땀은

불쏘시개로 쓴다

Orders for roasted chickens are pouring in a hot summer day.

Keep burning firewood,

Use the sweat that's flowing

As a kindling.

일상
Daily routine

관계의 사슬,
일정표라는 사슬에 묶인 채
살아가는 우리들 앞에

곧 엎어질 듯 쏟아질 듯 놓여 있는
뜨거운 커피 한 잔

In front of us
living in chains of relation and schedule,

There is a cup of hot coffee
on the verge of falling down.

막간幕間
An interval

먼 길 달려와
잠시 숨 고르고 있다

알 수 없는 미래로
운명이든 우연이든
또 페달을 밟겠지

After a long way,

They catch their breath for a moment.

To the unknown future,

They're going to pedal again

Whether by fate or by chance.

우기雨期
Rainy season

마르지 않는 빨래처럼

몸과 마음이 눅눅한 날은

편지를 쓴다,

오래 버려진 나에게

On days when my body and mind are soggy

Like laundry that doesn't dry,

I write a letter,

To me who's been abandoned for a long time

암중모색
Asking in the dark

어디까지가 안이고

어디서부터가 밖인가

About where is the inside?

About where is the outside?

길
The way

울고 웃고

만나고 헤어지고

넘어졌다 다시 일어나고

가도 가도 끝이 없는 길

그러다 어느 날 문득 끝나버리는

We cried and laughed,

Met and broke up.

Fell down and got up again

On the endless path.

And then one day, it suddenly ends.

제4부

길 없는 길

*A road
without a road*

세상을 건너는 법
How to cross the world

가도 가도 사막길

타는 목마름 속에

너를 사랑하는 법을 배운다

It's a desert no matter how far I go.

In a burning thirst,

I learn to love you.

동행
Companion

바람 불어도

숨이 차도

함께라면,

더 멀리 갈 수 있어요

더 높이 오를 수 있어요

Even if it's windy and I'm out of breath,

When we are together,

I can go further.

I can go higher.

유년
Childhood

잠시만
함께 있자
잠시만 함께 있다
곧 돌려보낼게

개구리가 되어 우리 다시 만날까

Let's be together for a while.

I'll send you back in a minute.

Let's be frogs and meet again.

어떤 소식
Waiting to hear from you

가자미와 박대 사이

바짝 마른 시간과 아직 덜 마른 시간 사이

분홍빛 소식 하나

기다린다

Between flounder and gourd,

Between a dry time and a not yet dry time,

He is waiting for a pink piece of news.

길 없는 길*
A road without a road

명예도

사랑도

권력도

다 사라진 뒤

그래도 남는 건 무얼까?

*최인호의 소설 제목 차용

Honor,

Love,

And power, too.

After they're all gone,

What's left?

고통의 뒷모습
The back of pain

커다란 X표로 묶여 있는
뒷모습은 얼룩투성이

고통이 유독 선명한 날
그 바탕은 신록이다

Bound by a large X-mark,
The back is full of stains.

A day when pain is especially clear,
The background is full of fresh green.

네가 더 아프겠다

You must be hurt more

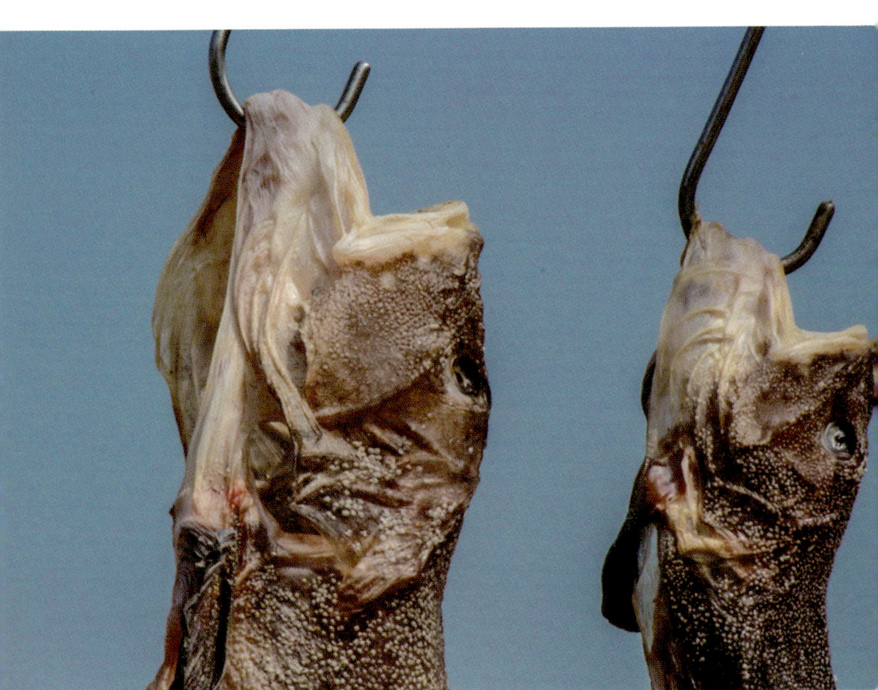

바람 부는 어느 섬마을

부부인 듯, 연인인 듯, 친구인 듯 나란히 코가 꿰인 채
매달려 있다.

얼었다 녹았다를 반복하며 세상을 건너고 있다.

그래도 옆지기를 바라보는 눈동자만은 아직도 살아 있다.

"네가 더 아프겠다. 그렇지?"

In a windy fishing village,

The two are hanging side by side as if they were a couple,
lovers, and friends.

They're crossing the world freezing and melting repeatedly.

The eyes looking at each other are still alive.

"You must be hurt more, right?"

따로 또 같이
Separate yet together

어떤 날은 높은 자리
어떤 날은 낮은 자리

어제는 네가 비를 피하지 못했고
오늘은 내게 볕이 들지 않더라도

따로 또 같이

Some days you're high. Some days you're low.

Even if you didn't escape from the rain yesterday and it
doesn't shine on me today,

We're separate yet together.

마음
Hearts

서로 다른 게 마음이다

어쩔 수 없는 게 마음이다

그러니까

함께 모여 살아간다

Our hearts are so different.

I can't help it.

So

We live together.

두 마음
Two hearts

마음은 두 갈래

바닥에 닿으려는 마음이 있고

끝까지 오르려는 마음이 있다

이따금 둘이 어깨를 스치기도 하지만

묵묵히 지나친다

My heart is divided into two

One wants to touch the floor

and the other wants to touch the top.

Sometimes they pass by each other

Without a word.

산다는 것은 끝없는 기다림이다
Life is an endless wait

엄마를 기다리고,

합격 통지서를 기다리고,

연인을 기다리고,

완치판정을 기다리고,

그날을 기다린다

Waiting for mom,

Waiting for the acceptance letter,

Waiting for your lover,

Waiting for the cure.

You're waiting for the day.

먼짓길
Dusty road

우리가 가는 길은

비단길도 아니지만

진창길도 아니다

먼지에서 왔으니 먼지로 돌아가리라는 듯

오늘은 먼짓길을 간다

The road we're travelling on is

Not a silky road,

Not a muddy road, either.

We're from the dust, so we're going to go back to the dust.

I'm going through a dusty road today.

해빙 解氷
The ice melts

얼었던 강이 녹고
얼었던 마음들이 녹는다

철조망 너머
하얗게 웃는 바람꽃

Frozen rivers are melting.

My frozen heart is melting, too.

Over the barbed wire,

A white-smiling windflower.

봄은 부른다
Spring is calling

봄은 부른다

얼었던 대지를 뚫고

피어오르는

도시의 욕망을

반값 세일 중이다

Through the frozen ground

Rising

The desire of the city.

It's on sale for half the price.

불안이 온다
The anxiety comes

어둠 속에 하나 둘 불이 켜지고
누군가 강을 건너고 있다
얼굴이 없고 팔다리도 없이
그림자만 끌고 오는 밤

One by one, the lights turn on in the dark.

Someone is crossing the river.

With no face, no arms and legs,

A night that only brings shadows.

매일매일 아침이
Every morning

밤은 깊고 아름답다

그리고,

그러나

매일매일 아침이 있어

얼마나 다행인가

The night is deep and beautiful.

And,

But

There's a morning every day.

What a relief.

렌즈 너머의 세상과 번천飜天의 세계인식

― 정채원 디카시집 『열대야』

김종회(문학평론가, 한국디카시인협회 회장)

1. 정채원은 누구이며 어디서 왔나

정채원은 1996년 《문학사상》으로 등단한 28년 차 시인이다. 그동안 『슬픈 갈릴레이의 마을』, 『제 눈으로 제 등을 볼 순 없지만』, 『우기가 끝나면 주황물고기』 등의 시집을 상재上梓했고 편운문학상을 비롯한 여러 문학상을 받았다. 그의 시는 언어의 활력과 사고의 폭 그리고 시적 저력이 넘친다는 논의를 불러왔으며, 그 사유思惟가 치열하고 전면적이어서 그저 그런 감성에 침잠된 시의 독자를 새롭게 깨운다는 평가를 받았다. 이를테면 우리 문단에서 그 성가聲價가 만만치 않은 좋은 시인이란 뜻이다. 그가 이제까지의 시적 역정歷程을 바탕으로 디카시를 쓰고 디카시집을 펴낸다. 시인으로서의 운동 범주를 확장하는 이 발걸음이 사뭇 기껍고 흔연하다.

익히 알다시피 디카시는 디지털카메라와 시의 합성어이며, 올해로 시발 20년에 이른 새로운 문예 장르다. 누구나 손안에 들고 있는 소우주 스마트폰 카메라로 순간 포착의 사진을 찍고, 거기에 몇 줄 촌철살인의 시를 더한다. 그리하여 이 양자가 화학적 결합으로 한 몸이 되고, 동시에 SNS를 통하여 디카시인 및 디카시 동호인들과 실시간으로 소통하고 공유한다. 현재 국내 지자체에 12개, 해외의 주요 국가와 도시에 18개의 지부가 결성되어 활동하고 있는 한류 문예의 젊은 얼굴이다. 여기에 정채원처럼 확고한 자기 세계를 가진 시인이 동참한다는 것은 매우 뜻깊고 고무적인 일이다. 소식을 들은 디카시인들이 두 손 들고 환영하는 이유다.

2. 자신의 내면을 향한 반성적 성찰

시인이 시를 쓰는 여러 가지 이유가 있겠지만, 그 가운데서도 빼어놓을 수 없는 하나는 시를 통해 자신의 삶을 반성적으로 성찰한다는 사실일 것이다. 2,500년 전 공자로부터 오늘의 정채원에게 이르기까지, 이 범박하고 일상적인 창작의 도식을 벗어난 이는 찾기 어렵다. 이 시집의 1부 〈비몽 & 사몽〉에 수록된 15편은, 특히 이 대목에 강세가 있는 작품이 많다. 「붉은 파도」에서는 모색暮色이 짙은 하늘의 구름을 보고 '저 미친 구름'이 '넘어야 할 경계'를 넘어서 왔다고 한다. 그런데 누구나 그 경계가 우리 세상사의 어떤 금도襟度를 말하고 있음을 짐작한다. 「안을 엿보다」에서는 '버려진 집'을 엿보다 '내 안을 들킨 듯' 흠칫 놀란다. 그와 같은 풍경이 자신의 내부에도 잠복해 있기 때문이다.

어떤 이별은 이렇듯 황홀하다

손을 흔들며
하염없이 멀어져가는 시절, 시절들
한때 꼭 잡았던 손을
놓을 수 없을 것만 같던 손을
말없이 놓아 보낸다

인용된 시는 늦가을의 은행나무가 황금색 잎들을 지상에
뿌리는 광경을 시화詩化했다. '하염없이 멀어져 가는 시절'들은
은행나무의 것이 아니다. 화자 자신이 살아온 세상의 온갖 사
연과 굴곡이 거기에 개재介在해 있다. 화자는 한때 꼭 잡았던,
놓을 수 없을 것만 같던 '손'을 말없이 놓아 보낸다. 이 놓아 보
냄은 피동적인 동시에 능동적인 행위다. 떠나야 하는 운명 앞
에 거역한들 다른 방도가 없을 것이며, 사정이 그러하다면 아
예 기꺼이 보냄으로써 자기 운명의 경과 과정에 주체적 역할

을 하는 것이 훨씬 바람직한 까닭에서다. 그런데 여기에 다 발설하지 않은 비밀이 있다. 그 능동의 행위에 얼마나 가슴 미어지는 아픔이 수반되는가에 대해서다.

꿈속의 꿈

단풍나무의 꿈속에 내가 있고
내 꿈속에 단풍나무가 있다

살아 있는 것들은 언젠가 소멸하고
소멸하는 것들은 서로를 그리워
한다

이 시 또한 만산홍엽滿山紅葉의 가을이다. 시인은 단풍나무의 꿈속에 자신이 있고, 자신의 꿈속에 단풍나무가 있다고 토로한다. 얼핏 장자의 호접몽胡蝶夢을 떠올릴 수 있는 구절이다. 기실 장자의 이 고색창연한 수사修辭는 자아와 외물이 본래 하나라는 이치를 설명하는 방식이다. 그렇다면 우리는 시인이 자신과 단풍나무를 어떤 연유로 동일시했는가를 질문해야 한다. 그 답변은 친절하게도 시의 다음 구절에서 제시된다. 살아 있는 것들은 언젠가 소멸하고, 소멸하는 것들은 서로를 그리워한다는 말이다. 절정에 이른 추색秋色의 상징처럼 단풍이 찬연하게 아름다우나, 그것은 곧 덧없는 소멸의 전조이며 종내 그리움을 남긴다는 해명이다. 이 단풍의 운명이 곧 우리의 운명임을 특정하는 데 또 다른 설명이 요구되지 않는다.

3. 자아와 타자의 상거에 대한 각성

자아와 타자는 서로 상대적인 개념이어서 하나의 중심 주제를 두고 맞서있는 형국이지만, 동시에 그 양자가 하나로 교통할 수 있는 상호 보족적 기능을 함께 공유한다. 그래서 여러 이론가가 이 양자 사이의 균형성을 주목한다. 시인 또한 그렇다. 타자를 단순히 국외적 대상이 아니라 '자기 자신과 같은 형체의 또 다른 자기'로 생각할 때 비로소 그 모호한 복잡성에서 벗어날 수 있을 것이다. 이 시집의 2부 〈너는 없다〉에 실린 13편의 시는, 바로 그 상거相距에 주력하여 쓴 작품이 대다수다. 「뒷모습」에서는 꽃과 사람의 뒷모습을 겨누어 보며 거기서 존재 자아의 아름다움을 찾아낸다. 「어둠이 없다면」에서는 '어둠'이라는 타자를 전제하고 별과 꽃의 형용을 동원하여 자아의 반대급부적 상황을 환기한다.

도굴꾼

나는 당신을 도굴해서
내 무덤에 넣어야겠다

인용된 시는 석축과 돌계단으로 이루어진 지하의 내부에서, 멀리 밝은 바깥을 향해 찍은 사진을 담았다. 시의 문면文面으로 볼 때 어쩌면 왕릉과 같은 무덤의 석실인지도 모른다. 시인은 여기서 '나'와 '당신'이라는 선명한 두 실체를 전제하고, 이 자아와 타자 사이의 긴장감을 극대화한다. 사진의 구도로 유추하자면 '나'는 당신의 공간을 침범하는 자리에 있고, 그 무례한 처사는 도굴꾼의 그것과 다를 바 없다. 항차 한 걸음 더 나아가 '당신'을 도굴해서 '나'의 무덤에 넣겠다고 한다. 아직 그 무덤에 대한 정보는 없지만, 시의 정조情調로 보면 사생결단의 각오가 실린 어휘다. 짧은 시행詩行을 통해 진중한 의미의 덫을 매설한 경우다.

위독

내 심장은 이제 멸종에 근접했다
모호하지만 확실하게
떠나는 너를
막는 건
불가능하다

화면 가득 동백꽃이 잡혔다. 배경에 보이는 장면은 이 꽃이 분분히 지는 모습이 아니다. 동백꽃은 꽃잎으로 지지 않고 송이채 떨어지는 낙화落花의 유형을 가졌다. 형편이 이와 같다면 사진의 바탕은 동백꽃의 풍성한 개화開花가 뒷그림으로 앉아 있는 것이거나, 아니면 다른 꽃 무리가 깔린 경우다. 문제는 전방의 꽃과 잎이 더없이 강렬하게 포착되었다는 데 있다. 이를테면 한껏 숙성한 촬영 기법이다. 꽃이 지는 때를 미루어 인지하고 있기에, 시인은 '내 심장은 이제 멸종에 근접'했다고 썼다. 이를 막는 것이 불가능하다는 것도 알고 있다. 화자의 심장이 자아의 주요한 핵심이라면, 한꺼번에 여러 언사를 발설하는 동백꽃은 타자의 객관화된 모형이다. 이 시인은 이 관계성의 압축적 상징성에 '위독'이란 제목을 붙였다.

4. 인생유전의 불확실한 여러 모습

'불확실성의 시대The Age of Uncertainty'란 말은 1977년 TV에 방영된 시리즈이자, 하버드대학의 경제학자 존 케네스 갤브레이스가 발간한 책의 제목이기도 하다. 그때나 지금이나 불확실성은 현대사회의 삶이 보여주는 변함없는 특성이다. 이 시집 3부 〈열대야〉의 시 17편에서 시인은 이 시대적 특성을 그가 피사체로 선택한 사물에서 발견하고, 거기에 합당한 시를 덧붙였다. 소략하지만 강렬한, 시대의 형상을 읽는 시인의 면모와 기량이 드러난다. 시집의 표제가 되기도 한 시 「열대야」에서는 '잠 못 드는 밤'을 식혀줄 '시원한 한 줄기' 소식을 스프링클러를 통해 암시한다. 「청맹과니」에서는 탁상에 놓인 오미자 열매와 돋보기인 듯한 안경을 한데 묶어, '맛에 가려져 보이지 않던 것들'을 잘 보려 한다. 이와 같은 시적 언사들은 불확실성 속에서 확고한 무엇인가를 찾아내려는 시도에 해당한다.

화염을 뚫고

지난해의 일몰과
새해의 일출 사이
'오름'이 있다

어제도 오늘도 그리고 내일도
불길 속으로 간다

　인용된 시의 사진은 짐작컨대 제주도의 어느 '오름'에서 바라본, 새해 일출의 풍광이 아닐까 싶다. 사위를 온통 흑암의 장막으로 남겨둔 채 밝아오는 하늘 한 자락에 광명의 초점을 부가했다. 그리고 이 시간대가 '지난해의 일몰'과 '새해의 일출' 사이이니, 비록 하룻밤의 일이지만 상징적 의미에 있어서는 한 해의 간극間隙을 노래하는 것이다. 시인은 어제·오늘·내일이 한결같이 '불길 속'으로 간다고 단정한다. 자연의 경물이 펼쳐 보이는 화염과 끊임없이 유전流傳하는 우리 인생의 화염을,

겹친 꼴 눈길로 관찰하는 시인의 관점은 하나의 축복이다. 시는 현실법칙이 아니라 진실법칙을 추구한다. 언어의 운용에 있어 시적 허용이나 일탈을 활용할 수 있는, 값없는 특권을 누리는 지점이 바로 여기다.

망향

울 밑에 선 봉선화는
길고 긴 여름날
두고 온 고향을 아직도 잊지 못하고

마음마저 붉게 물들이고 있다

제 태어난 고향이 그립지 않은 이는 세상 어디에도 없다. '울 밑에 선 봉선화'가 그러할진대 사람에 있어서는 더 말할 나위가 없다. 오죽하면 '수구초심首丘初心'이라 했겠는가 말이다. 사진은 소박한 농가의 장독대가 보이는 묵정밭 한 편에 곱게 줄지어 선 봉선화의 작은 무리를 부각한다. 우리 추억 속에 있는 시골 마을에서 흔히 만날 수 있었던 그림이다. 그 가슴에 결곡한 서정이 있는 사람이라면, 이 꽃자리의 영상만으로도 해묵은 감회를 일깨울 것이다. 시인이 언표言表하듯, 봉선화는 '길고 긴 여름날'의 꽃이다. 까마득한 옛 노래의 가사처럼, 더욱 고향을 잊지 못하고 마음마저 붉게 물들인다. 그때 거기에서 지금 여기에 이른 시적 화자의 심경에 온갖 인생유전의 기억이 점철되어

있을 터이기에, 작은 시 한 편이 무슨 선언문처럼 큰 울림을 공
여하는 것이다.

5. 이해와 관용으로 더불어 가는 길

그림에 조금이라도 조예가 있는 이는 1898년 영국의 화가
존 클리어의 걸작 〈레이디 고디바〉를 알 것이다. 지역 영주의
나이 어린 아내가 백성을 사랑하는 마음으로, 실오라기 하나 걸
치지 않은 맨몸에 백마를 타고 가는 장면이다. 이렇게 타자를
위해 자기를 희생하고, 그것을 행동에 옮기는 일은 어렵고 힘들
다. 시인이 시를 통해 그와 같은 생각을 현현顯現할 때, 세상의
저잣거리가 아닌 집필실이라고 해서 힘들지 않을 리 없다. 이
시집 4부 〈길 없는 길〉의 시 16편에서, 시인은 그 창작의 고통을
넘어 새로운 방향성을 추구한다. 「세상을 건너는 법」에서는 사
막길의 '타는 목마름' 속에 '너를 사랑하는 법'을 배운다. 「동행」
에서는 계단을 함께 오르는 소년 소녀를 통해 더 멀리, 더 높이
내다본다.

고통의 뒷모습

커다란 X표로 묶여 있는
뒷모습은 얼룩투성이

고통이 유독 선명한 날
그 바탕은 신록이다

　인용된 시는 예수 십자가의 조형이다. 왜 어떻게 십자가가 숲속에 서 있는가를 판단할 수 있는 정보나 자료는 전혀 없다. 기독교에 있어서 십자가에서의 죽음은 교리의 가장 핵심적인 지점이자 인류 구원을 향한 사랑의 완성을 표방한다. 이는 다른 종교에서 도저히 찾아볼 수 없는 교리와 사상의 한 정점이다. 시인은 커다란 X표로 묶여 있는 뒷모습이 얼룩투성이임을 간파한다. 세상의 모든 죄를 짊어지고 대신 고난을 당한 성자의 모습이기에, 눈에 보이거나 보이지 않는 온갖 상흔이 남았을 것이다. 그런데 '고통이 유독 선명한 날'에 '그 바탕은 신록'이라고 시인은 말한다. 십자가상을 신록을 배경으로 촬영한 사유인 셈이다. 짐짓 아무 상관 없는 신록을 여기에 결부함으로써, 시적 대상을 강화하고 발화의 유연성을 도모한 모양새다.

매일매일 아침이

밤은 깊고 아름답다
그리고,
그러나

매일매일 아침이 있어
얼마나 다행인가

언뜻 유의미한 메시지를 전달하려는 의도가 없는 사진으로
보인다. 아침 녘 푸른 관목의 잎새에 맑은 이슬이 영롱한 보석
처럼 맺혔다. 이렇게 아침이 황홀한 이유는 밤이 깊고 아름다
워서라고 쓴 시다. 시인은 매일매일 아침이 있어 얼마나 다행
인가를 반문한다. 아침에 일찍 하루를 시작하는 사람, 아침의
풍정風情을 시로 발현發現하는 시인은 대체로 올곧고 건강한
이다. 시인은 바람 한 점, 풀 한 포기를 보고도 걸음을 멈추며
명상한다. 그것들이 모여서 삼라만상을 이루기에 그렇다. 그
래서 일찍이 윌리엄 블레이크가 "한 알의 모래에서 세계를 보
고 한 송이 들꽃에서 우주를 본다"고 했던 것이다. 이렇게 이
해와 관용, 동행과 사랑의 시어들이 편만遍滿한 시집이다.

이제까지 우리는 정채원의 디카시집 『열대야』를 공들여 읽
었다. 모두 4부 61편으로 구성된 이 시집은 주제론적 성격에
따라 나누어져 있으며, 각기의 부별 특성이 사진과 시의 조화
로운 만남으로 잘 드러나고 있다. 스마트폰 디지털카메라의
렌즈 저편에서 만나는 세상은 우리 일상의 모양과 전혀 다르
게 다가왔고, 이를 묘사하는 시적 표현 또한 일상적인 수사법
의 발화 방식과는 전혀 다르게 제기되었다. 거기에 평보平步에
서 뒤꿈치를 들고 발끝으로 걷기 시작하는 것 같은, 이른바 언
어의 시적 전화轉化가 이루어지고, 그것이 사진과 한 몸이 되
어 수발秀拔한 디카시의 세계를 축조한다. 이미 확고한 자신의

시 세계를 가진 정채원 시인의 이 심기일전의 시작詩作에, 필
자는 '번천翻天의 세계인식'이라는 제목을 붙였다. 부디 앞으로
도 그의 시가, 그리고 디카시가 더 풍성한 성취를 보여주길 기
대한다.